旹の跡

梶原美邦句集

令和俳句叢書

TOKINOATO
KAJIWARA YOSHIKUNI

ふらんす堂

目次

Ⅰ　時の音……5
Ⅱ　時の香……61
Ⅲ　時の色……113
Ⅳ　時の跡……165
あとがき……215
初句索引……219
季語索引……224

句集　岨の跡

Ⅰ　時の音

春寒の妙にぶつかる膝頭

ひとりぼつちの大樹の影の寒明くる

駐輪の尻をならぶる獺祭

春マスクはづし家庭の顔もどす

三月の思惑の急く工事音
取扱注意の夢が卒業す

先生の雲のあかるむ涅槃西風

一服の春意が動く喉仏

青空の裾ひつぱつて山笑ふ

川底に陽の射してゐる寝釈迦かな

水の形に添ひて他郷の水温む

覚めぎはの記憶白紙の春炬燵

おにぎりの転がりたがるあたたかさ

落ちてなほ時間の鼓動べにつばき

種袋振ると日和の音ばかり

言ひかけて胸にしまひし花曇

休日は私服となれるチューリップ

しゃぼん玉毀れ昔の露地となる

逃水を追ふ少年となる拳

青空のつたはつてくる凧の糸

ストローの春愁泡となるグラス

花烏賊の海の夕暮れ内蔵す

小川覗きに来る足音へ蝌蚪の陣

春落葉すぐグループになりたがる

雛の間のひそひそ雨の夜となれり

春惜しむ海光となる鳥の群

朧の街へみな問題を抱へゆく

一粒の思ひを聴かせ棉蒔けり

葉桜のもう明日へ向く椅子ばかり

新緑の冷え重くなるネックレス

待合室の音楽が歯にしみる初夏

こゑ掛けてみるときめきの白牡丹

星空の風が生まるる釣忍

光りては川になりきる濁り鮒

叱らるる空気に廻す夏帽子

前灯が電車となれる梅雨の駅

郷愁の手ざはりは黄の花南瓜

被災晴れして中々と黒揚羽

朝焼の船が音符になつてくる

兜虫の威厳が子らに感染す

母逝きしあの日の車窓夕焼す

海近き歩幅となつてゆく日傘

みせかけの同情むせる心太

数冊の暑さが重くなる鞄

水滴の音楽蓮の花ひらく

一言の毒がまはつて来たる汗

水鉄砲の空少年となる波紋

気位の折れさうな影炎天下

溜息のぽぽぽとあがりゆく金魚
水打つて後悔の炎をしづめをり

一声がまた輪となれる蟬時雨
半眼のすずしさ賜ふ久遠佛

ポケットの秘密ころがり出す昼寝

郵便のバイクの音を待つ団扇

川音の機嫌に暮らす里の秋
神の掌のひとすぢほどの雁渡し

秋風のギターがひとり歌ひだす

同情へ背筋を曲げて梨を食ふ

草の実をつけ少年のこゑ発す

重くなるリュックの中の終戦日

富士よりの新涼の村寝静まる

手をつなぎたくなる秋の花火かな

決断の眼すずしき月が出る

どの道も雨後あたらしくなる花野

赤鉛筆が丸くれたがる休暇明け

目をとぢてゐる満月の風呂加減

猫貰うて夫婦の二百十日過ぐ

鉄塔の視野いつぱいのいわし雲

名月へみな石ころとなる時間

泣き虫が影と帰れる秋夕焼

南瓜食うて田舎訛が出てしまふ

虫はみな自分の闇を鳴らしをり

林檎三個穹の話がしたくなる
抽斗の夢の木の実を植ゑてみる

秋耕の考ふる影のびてゐる

公園の露寒もれてくる蛇口

一枚の秋思たたんでゐる手紙

銀座ゆく靴の音色の秋麗

煽てられてまた若くなる秋日和

背負ふ荷のまた一つ増ゆ神の留守

神迎ふ雨のあかるき日なりけり
散る紅葉みんな明日になりにゆく

でこぼこの川音落葉吐きだせり

のぼりつめて蔓渾身の返り花

水が最も忌のうつくしき供花や冬

こがらしの最寄りの駅を検索す

石の相みんな冬眠準備中
舞ひ上がる音丹頂となれる穹

静寂のひかりあひたる冬木の芽

澱みゐる寒さが艶となる川面

白鳥の空に駅ある湖の村
遮りし咳反論をしはじむる

大雪の家が息してゐる出口
肉体の水音の枯れまたしたる

柱時計のしづかさの鳴る去年今年
福藁を踏んで未来へ入らうか

水仙の風みなとらふ花の向き

さみしさの極みほころぶ寒桜

年神のほか客のない理髪店

同じ顔にばつたり逢ひし初鏡

正月の窓みな海へ向くホテル
九十の四温の握手たまはれり

電柱が影もて余す深雪晴

寒天へ木々真つ直ぐとなる青さ

新年が来る踏切が点滅す

家族の甘えころがつてくる年の豆

寒林のねむりに入る星の数

Ⅱ　時の香

児の宇宙基地となりたる蕗の薹

揉みくちゃの春寒動く籠の屑

自転車の倒れつぷりの春一番

指を切る紙が余寒の刃となれり

流氷原ゆく曲折の孤舟かな

思惑が化石となれる春マスク

言ひよどむ黄の三椏の花揺らし

卒業の自負校章をなでてゐる

歓声のひつくりかへつて風光る

水温む空をへこます鯉の口

茅花かむ餓鬼大将となるまなこ

谷間の東風を叩いて登校す

土の香の春意あつめてゐる箒

しあはせの制服ならぶ葱坊主

春眠の夢から戻る日和かな

春愁の親子の棘のあたらしき

固まつてゐての平穏白つつじ

空缶のちやらんぽらんと川四月

大黒柱艶百年の花冷えす

いつせいに野の春光となる雀

囀りをちらちら落としゐる大樹

上向くとみんな善人さくらさく

昭和の記憶たちあがりたる蜃気楼

蒔く棉の実の設計図浸しをり

ひとひらの夕陽が罌粟の花になる

寝ころべる大地の脈の夏めけり

菖蒲田のささやきあつてゐる水輪

休憩のみな新緑の眼となれり

自転車の鼻唄よぎる風薫る

しづけさが墨の香となる風安居

かがやける時間のかをる白牡丹

四十雀のこゑ晴れ旅の予約とる

夏風邪に臥す子の胸の海荒るる

思案また水輪となれる源五郎

百姓の軒十薬の香を干せり

街騒の遠近とらへゐる網戸

蚊柱の伸びちぢみする思案の歩

三光鳥啼いて雨滴をかがやかす

蛍火の一つは母の匂ひせり

炎天へ攫はれてゆくバスの中

兄弟の和解へのこす心太

留守番の日の風鈴がむきになる

夕焼ごと眼鏡をしまふ旅鞄

佃煮のすずしさを盛る量り売

ひまはりの視線が影となる川面
日焼けせし夢の崩るる砂の城

虹くぐる村の廃線一両車

線香花火眼が少年になりたがる

帰省して昔へ迷ひ込む日暮

石の隙間を時間が漏れてくる蜥蜴

金魚である理由の泡を一つ吐く

落蟬の死がざわざわと掃かれをり

晩年となる秋晴の裏に住む

川藻ごと月が流されかけてゐる

朝顔のあつまる高さ海になる

空壜のごぼつと残暑沈みゆく

赤子泣きやむ空気八月十五日

すりぬけし蜻蛉の乾き掌にのこる

レジの列秋の香水割り込めり

芋の露いくつも穹がすべり出す

枝豆のつるつと本音出てしまふ

独り居の死角の殖ゆる秋の蠅

言訳の眼鏡を拭ふいわし雲

古稀となる平和の端で虫が鳴く

大学前電車の秋思からになる

言ひたきこと掌に載す百匁柿

溜息の水輪木の実のまた落つる

運動会の楽しさ帰る団地の灯

一枚の旅愁流してゐる紅葉

想ひ出が菊の中から香りをり

東京の初雪の夜の粥甘し

六十の誌齢継ぎたるこがらし忌

大綿へ母さんてこゑかけてみる
隅つこが好きで落葉になつてゐる

過去へ斜線して小春日の人となる

切干の風の模様となる筵

矜持また折れてしまひし枯蓮田

口論の底意なだめてゐる寒さ

おでん酒本音の箸が構へをり

生牡蠣食ふ嘘なめらかに出てしまふ

揺るるたび胸のあかるむ冬木の芽

マスクしてみんな綺麗になる電車

ふところのぬくき一村山眠る

着膨れの安堵の影が長くなる

焼芋屋のこゑ星空を連れてくる

まどろみへ来る水涙の縄電車

鮟鱇の吊らるる神の顔しをり

一村の灯がみな眠る寒の月

海の道でき新年が来る汽笛

寒卵割る感情が飛びだせり

高階の窓百千の初日影

古壺のいつぽんの自負すいせん花

一言をひつぱつてゐる雑煮箸

余所行きも普段着もなき寒椿

今にして余生なだむる飾海老

太陽と同じひとり居初笑ひ

小声して身ぬちの鬼へ豆打てり

Ⅲ　時の色

春疾風真昼の月が尖りだす

独酌の身の丈すぐる焼き鱵

過去はみな横顔むめの咲きにけり

健康へ靴新調の草青む

言ひよどむ余寒のまなこ角張れり

降つてくる木々会話せる春の雪

黄水仙さみしい奴が触れに来る

川底の水温みゐる石のいろ

閉塞感破る雑多の茎立てり

啓蟄の石垣の口乾きだす

卒業の夢鳴らしくるランドセル
春めける灯が一村となりゆけり

芽吹きだす準備中なる片頭痛
白木蓮咲く水音の空の色

とりどりの時間が落ちてゐる椿

シャボン玉児のばらまいてゐる天機

長閑さよそほふ塀の片靴あるじ待つ

水底の靴があつめてゐる春陽

また掠れゐる春愁のボールペン

潮騒のいろとなりゆく鰆焼く

影あをき竹百幹の花冷えす

節電の村一番の朧月

人生の放課後に入るさくら咲く
太陽の音色となれる春の海

雑談の真剣になる風車

山繭を振ると孤独の音がせり

先頭の笑ひちぎるる青嵐

藻の花の咲きだす泡のまたのぼる

一献の煙の味の焼きなすび
軽く嚙む麦笛の味出して吹く

傘さしてまだ牡丹でゐる時間

駅へ急く人が帆となる夏野かな

一粒の夢が雨滴となる蝸牛
紫陽花の風の伝言つぎはぎす

みな帰る梅雨一色の団地の灯

手を振ればあの日がすぐに夕焼す

人間のほかは曇りの海開き

しづけさが涼しくなつてくるベンチ

昼寝覚め昨日が今日になりたがる

学校の終鈴が好き大向日葵

冷奴密に話せぬ舌もつる

夏の夜の椅子がひそひそ深けてゆく

返答へつまづく汗をぬぐひをり

身綺麗となる息ひとつ吐く金魚

腕白の育つ隙間の青葡萄

てのひらへ岩のやさしさ滴れり

団扇以て内緒話を風とせり

叱る子の暑さ握つてゐる帽子

人混みのさびしさ貰ふ花火果て

潮騒の新涼となる松のいろ

何を取りに来しかと桃を撫でてみる

少年の日の扉があをむ雁渡し

黙したる二人の窓の初嵐

三ツ折のままの約束秋立てり

管楽器となる秋蟬の無人駅

褒めらるる風裏返す秋扇

富士山の視界千戸の今朝の秋

朝顔の時間が空のいろになる

沈黙が二人の安堵夜長の灯

神様の絵の具箱より曼珠沙華

樹の秋光降るほろほろと訃報くる
呟くに手ごろの酒と月見豆

曲折の旧情の酸き山葡萄

体内の水澄むこゑを発したり

つなぐ手のすぐよそよそし霧の中

退屈がごろんと眠る大南瓜

句碑拒みし蛇笏の盾は露ならむ

息のまだある靴底の毒茸

櫓田は神のてのひら雀くる

一行の秋意が消ゆるボールペン

熟柿吸ふ口が幼くなつてゆく

胡桃まはす縄文の掌となりはじむ

衣装直す菊師の眉の緊張す

てつぺんの空に飽きたる烏瓜

好日の予感す赤い羽根の張り

椅子かこむ落葉はみんな聞き上手

ついて来る心配性の雪ばんば

未来への抜け道できし大枯野

課題もう大年の橋わたりゆく

線香の寒さ分けあふ忌となれり

営業のマスクの一日捨ててある

葱買うて点けて来し灯へ帰りゆく

日向ぼつこの人間忘れものになる

駅へ行く咳がつぎつぎ追ひこせり

地を剝がす力まがれる霜柱

冬麗のつくづく影の老いにけり

おでん屋に酔うて話が焦げはじむ

風みがくみな新巻となる干場

妻癒ゆる兆しストーブ点け呉るる

夢の欠片もてあそびゐる懐手

追羽根の空のひかりとなる碧さ

小寒の鞄の闇をつまむ飴

探したるもののひよつこり日脚伸ぶ

太陽の夢中になれる大氷柱

しづけさがひといろひらく寒牡丹

久方の誂つまづく笑初

凍滝の胸の構図となれる風

洗ひのこすグラスが寒の水になる

一村の灯が初空のいろとなる

鬼やらふ隣のこゑで済ませけり

Ⅳ　時の跡

海光の来て梅園の塔濡るる

山焼きのめらめら太古近づき来

沈黙の瘤となりたる木の芽吹く
烈しさの後のさびしさ野火の天

一円玉ことたりてゐる暖かさ

暗さ重なる世の北窓を開きけり

折れぬ子の胸の隅つこ春意生る
蒼空の風の辛夷がさざ波す

仲直りへそつと芽山椒おいてゆく

想ひ出の足跡ほどの雪のこる

忖度がよごれはじめし地虫出づ

椀底に即席汁の痩せ蜆

種物の目覚むる湿りたなごころ

啓蟄の農具の置き処艶めけり

摘みたての世間話の蓬餅

入学の夢の拳が行進す

結局は水輪ばかりの春の夢

空に接触せしぶらんこの生返事

一本気の馬刀貝のゐる砂の穴

修理屋の柱時計の鳴る長閑

初蚊打つ掌にぺちゃんこのこゑの跡

緑夜なる疲れをはづす腕時計

牡丹の夕陽ひとひら散つてをり

教科書の神がぱらぱら夏めきぬ

草笛の歩調くだりにかかりけり

白薔薇の口気の雨滴掌にうくる

子と夢を空に楽書き風薫る

手術せし目の若返る風五月

玉葱ごと悔い真二つにしてしまふ

文字摺を誉めて話のこじれだす

湖渡り来し恍惚の夏の蝶

浮巣また空につかまる水位くる

瑠璃鳥のしづけさこゑとなれる谷

ががんぼの名刺片足置いてゆく

雑沓へ癒されにゆく白日傘

人生は未完がよろし半夏生

大仏の胎内をゆく鼻涼し

微笑みの真意かくしてゐたる汗

一口の蒼穹飲みほしてゐるサイダー

団欒の隅に消火器昼寝せり

穴あきのズボンの虚飾くる暑さ

ほほゑんでゐる眼裏の土用波

想ひ出が黄昏れてゆく夏の海
冷静となるサングラス外しをり

ふるさとが浅黄となれる棉の花

蜥蜴ゐし時間の跡が消ゆる石

育てたる門火へ過去が正座せり

一滴の新涼となる手紙くる

踊りの連ゆくころごろの乱反射
秋蟬の樹々が楽器になりはじむ

受付が赤子をあやす月の宿

水底の石が残暑となる濁り

鬼灯の苦さ昔の戸が開けり

店出でし西瓜が力抜く重さ

本心を嘘ととらるる濁酒

石立つる石が佛となる秋気

夫婦の顔似てくるよはひ吾亦紅

鉄塔が耳かたむけてゐる無月

置土産の空白燕帰りけり

お日様の落書き湖のいわし雲

枝豆を片してゐたる所思の舌

子が夢を画鋲で留むる休暇明け

いまにして霧の九界の橋にをり
いつぽんの感情折りし曼珠沙華

好意ふと苦言となれる新走

トンネルの秋思吐きだす電車くる

駅へ少女の走りだす胸豊の秋

地下鉄の秋風乗つてくるリユツク

一村のかがやく秋の田となれり

闇つれてみな乗る電車神の留守

雨音の落葉してくる保存林

大根引く力が白くなってくる

過去がかさこそ追ひかけてくる夕時雨

太陽の地平線ごと枯れはじむ

枯菊の括らるる影また濃くす

こがらしの背につきゆく師の忌くる

プライドてふ厄介なもの焚く落葉

ひとくれの不安の筋をとる蜜柑

天井がみな退屈の置炬燵

生者死者みなやつてくる日向ぼこ

一枚の寒さ配つてゐるチラシ

詰問へおでんの串がまづ答ふ

神還る妙にひかれる石切場

蔓の這ふ橋の脚より冬ざるる

笹鳴の忙しく移る陽の小藪

想ひ出にまた逢ひにゆくクリスマス

冬の虹消え銀閣寺のこりをり

靴跡が穹へ逃げゆく深雪晴

太陽のてのひら雪の村めざむ
新年が来る信号の空のいろ

あめつちの黙一滴の初日の出

寒の水くだす体内時計鳴る

ころがれるひかり啄む初雀

並びたる自転車の鼻日脚伸ぶ

夕去りて鳴ける氷柱の番縄

足跡をつかまへてゆく雪女

あとがき

『昔の跡』は『風の国』（昭和六十一年刊）・『青天』（平成二十一年刊）に次ぐ第三句集です。

私は空間と時間の変化による光を正確に描写しました印象派ルノワールの「セーヌの水浴」の青い影に魅かれまして、自然と共にある生活の場から受ける主観的で感覚的な印象をその儘詩にしたいと思うようになりました。そして「俳句は対象の真実を印象として表現する詩である」と考え、地球という星に暮らす全てのものは人間と同じように命ある存在と観て暗喩表現の中に活かし、各句がひとり歩きできるように言い聴かせて、味って参りました。

句集名「昔の跡」ですが、特別なトキと日常のトキとを合わせた時間を時と申しますが、その痕跡のことです。また、「とりどりの時間が落ちてゐる椿」

や「蜥蜴ゐし時間の跡が消ゆる石」等の句のように、私の詩に登場する全てのものたちの光陰の模様という意を込めて「砦の跡」という名に致しました。

掲載句数は平成二十一年四月から令和五年五月までの約二六〇〇句を五〇〇句程に絞り、更に土生依子さんにもお手伝い戴き、最後に四〇〇句とすることに致しました。

「青芝」創刊七〇周年を迎え、「青芝」と共に歩んだ私の約五〇年の俳句遍歴の晩年を纏める事になりました。

この句集を作成するに当たり、ふらんす堂の皆様に大変お世話戴き感謝致しております。有難うございました。

二〇二三年八月吉日

梶原美邦

著者略歴

梶原美邦（かじわら・よしくに）

1944年　山梨県生まれ。
1972年　「青芝」入会。八幡城太郎に師事。
1978年　第25回「青芝賞」受賞。
1986年　第一句集『風の国』上梓。
2009年　第二句集『青天』上梓。
2011年　2代目の中村菊一郎より「青芝」主宰を継ぐ。

現　在　俳人協会会員　日本現代詩歌文学館振興会会員

現住所　〒252-0302　相模原市南区上鶴間6-10-36

●初句索引

あ行

か行

さ行

た行

な行

は行

返答へ　一三六
牡丹の　一七八
鬼灯の　一九三
ポケットの　三三
星空の　二三
蛍火の　八二
微笑みの　一八五
ほほゑんで　一八七
褒めらるる　一四二
本心を　一九四

ま行

舞ひ上がる　五〇
蒔く棉の実の　七四
マスクして　一〇三
また掠れゐる　一二四
待合室の　二二
街騒の　八〇
まどろみへ　一〇五
身綺麗と　一三六
水打つて　三一
水が最も　四九
水鉄砲の　三〇
水温む　六七
水の形に　一二
店出でし　一九三
みせかけの　二八
三ツ折の　一四一
みな帰る　一三二
水底の
—靴があつめて　一二三
—石が残暑と　一九二
未来への　一五三
虫はみな　四二
名月へ　四一
芽吹きだす　一二一
目をとぢて　三九
文字摺を　一八一
黙したる　一四一
藻の花の　一二八
揉みくちやの　六三

や行

焼芋屋の　一〇五
山繭を　一二七
山焼きの　一六七
闇つれて　二〇一
夕去りて　二一四
郵便の　三三
指を切る　六四
夢の欠片　一五九
夕焼ごと　八四
揺るるたび　一〇三
余所行きも　一〇九
瀲みゐる　五一

ら行

流氷原　六五
緑夜なる　一七七
林檎三個　四三
留守番の　八三
瑠璃鳥の　一八三
冷静と　一八八
レジの列　九二
六十の　九八

わ行

椀底に　一七二
腕白の　一三七

季語索引

あ行

青嵐【あおあらし】（夏）
先頭の笑ひちぎるる青嵐　一二八
青葡萄【あおぶどう】（夏）
腕白の育つ隙間の青葡萄　一三七
赤い羽根【あかいはね】（秋）
好日の予感す赤い羽根の張り　一五二
秋【あき】（秋）
川音の機嫌に暮らす里の秋　三四
手をつなぎたくなる秋の花火かな　三七
レジの列秋の香水割り込めり　九二
秋扇【あきおうぎ】（秋）
褒めらるる風裏返す秋扇　一四二
秋風【あきかぜ】（秋）
秋風のギターがひとり歌ひだす　三五
地下鉄の秋風乗つてくるリュック　二〇〇
秋の蟬【あきのせみ】（秋）
管楽器となる秋蟬の無人駅　一四二
秋蟬の樹々が楽器になりはじむ　一九一
秋の田【あきのた】（秋）
一村のかがやく秋の田となれり　二〇一
秋の蠅【あきのはえ】（秋）
独り居の死角の殖ゆる秋の蠅　九三
秋の夕焼【あきのゆうやけ】（秋）
泣き虫が影と帰れる秋夕焼　四一
秋晴【あきばれ】（秋）
煽てられてまた若くなる秋日和　四六
晩年となる秋晴の裏に住む　八九
朝顔【あさがお】（秋）
朝顔のあつまる高さ海になる　九〇
朝顔の時間が空のいろになる　一四三
朝焼【あさやけ】（夏）
朝焼の船が音符になつてくる　二六
紫陽花【あじさい】（夏）
紫陽花の風の伝言つぎはぎす　一三一
汗【あせ】（夏）
一言の毒がまはつて来たる汗　二九
返答へつまづく汗をぬぐひをり　一三六
微笑みの真意かくしてゐたる汗　一八五

暖か【あたたか】（春）
おにぎりの転がりたがるあたたかさ　一三
一円玉ことたりてゐる暖かさ　一六九
暑し【あつし】（夏）
数冊の暑さが重くなる鞄　二八
叱る子の暑さ握つてゐる帽子　一三八
穴あきのズボンの虚飾くる暑さ　一八七
網戸【あみど】（夏）
街騒の遠近とらへゐる網戸　八〇
安居【あんご】（夏）
しづけさが墨の香となる風安居　七七
鮟鱇【あんこう】（冬）
鮟鱇の吊らるる神の顔しをり　一〇六
鰯雲【いわしぐも】（秋）
鉄塔の視野いつぱいのいわし雲　四〇
言訳の眼鏡を拭ふいわし雲　九四
お日様の落書き湖のいわし雲　一九六
打水【うちみず】（夏）
水打つて後悔の炎をしづめをり　三
団扇【うちわ】（夏）
郵便のバイクの音を待つ団扇　三三
団扇以て内緒話を風とせり　一三八
海開き【うみびらき】（夏）
人間のほかは曇りの海開き　一三三
梅【うめ】（春）
過去はみな横顔むめの咲きにけり　一一六
海光の来て梅園の塔濡るる　一六七
運動会【うんどうかい】（秋）
運動会の楽しさ帰る団地の灯　九六
枝豆【えだまめ】（秋）
枝豆のつるつと本音出てしまふ　九三
呟くに手ごろの酒と月見豆　一四五
枝豆を片してゐたる所思の舌　一九七
炎天【えんてん】（夏）
気位の折れさうな影炎天下　三〇
炎天へ攫はれてゆくバスの中　八二
大晦日【おおみそか】（冬）
課題もう大年の橋わたりゆく　一五四
大瑠璃【おおるり】（夏）
瑠璃鳥のしづけさこゑとなれる谷　一八三
落葉【おちば】（冬）
でこぼこの川音落葉吐きだせり　四八
隅つこが好きで落葉になつてゐる　九九
椅子かこむ落葉はみんな聞き上手　一五二

雨音の落葉してくる保存林　二〇二
プライドてふ厄介なもの焚く落葉　二〇五
おでん【おでん】（冬）
おでん酒本音の箸が構へをり　一〇二
おでん屋に酔うて話が焦げはじむ　一五八
詰問へおでんの串がまづ答ふ　二〇七
踊【おどり】（秋）
踊りの連ゆくこゑごゑの乱反射　一九一
朧【おぼろ】（春）
朧の街へみな問題を抱へゆく　二〇
朧月【おぼろづき】（春）
節電の村一番の朧月　一三五

か行

蚊【か】（夏）
蚊柱の伸びちぢみする思案の歩　八一
帰り花【かえりばな】（冬）
のぼりつめて蔓渾身の返り花　四八
ががんぼ【ががんぼ】（夏）
ががんぼの名刺片足置いてゆく　一八三
柿【かき】（秋）
言ひたきこと掌に載す百匁柿　九五
牡蠣【かき】（冬）
生牡蠣食ふ嘘なめらかに出てしまふ　一〇二
風車【かざぐるま】（春）
雑談の、真剣になる風車　一二七
飾海老【かざりえび】（新年）
今にして余生なだむる飾海老　一一〇
風光る【かぜひかる】（春）
歓声のひつくりかへつて風光る　六七
蝸牛【かたつむり】（夏）
一粒の夢が雨滴となる蝸牛　一三一
蝌蚪【かと】（春）
小川覗きに来る足音へ蝌蚪の陣　一八
兜虫【かぶとむし】（夏）
兜虫の威厳が子らに感染す　二六
南瓜【かぼちゃ】（秋）
南瓜食うて田舎訛が出てしまふ　四二
退屈がごろんと眠る大南瓜　一四七
南瓜の花【かぼちゃのはな】（夏）
郷愁の手ざはりは黄の花南瓜　二五
神の旅【かみのたび】（冬）
背負ふ荷のまた一つ増ゆ神の留守　四六
闇つれてみな乗る電車神の留守　二〇一

神迎え【かみむかえ】（冬）
神迎ふ雨のあかるき日なりけり　四七
神還る妙にひかれる石切場　二〇八
烏瓜【からすうり】（秋）
てつぺんの空に飽きたる烏瓜　一五一
雁渡し【かりわたし】（秋）
神の掌のひとすぢほどの雁渡し　三四
少年の日の扉があをむ雁渡し　一四〇
枯菊【かれぎく】（冬）
枯菊の括らるる影また濃くす　二〇四
枯野【かれの】（冬）
未来への抜け道できし大枯野　一五三
枯蓮【かれはす】（冬）
矜持また折れてしまひし枯蓮田　一〇一
獺魚を祭る【かわうそをまつる】（春）
駐輪の尻をならぶる獺祭　八
寒明【かんあけ】（春）
ひとりぼつちの大樹の影の寒明くる　七
寒卵【かんたまご】（冬）
寒卵割る感情が飛びだせり　一〇七
寒椿【かんつばき】（冬）
余所行きも普段着もなき寒椿　一〇九
寒の水【かんのみず】（冬）
洗ひのこすグラスが寒の水になる　一六三
寒の水くだす体内時計鳴る　二一二
寒林【かんりん】（冬）
寒林のねむりに入る星の数　六〇
菊【きく】（秋）
想ひ出が菊の中から香りをり　九七
菊人形【きくにんぎょう】（秋）
衣装直す菊師の眉の緊張す　一五一
黄水仙【きずいせん】（春）
黄水仙さみしい奴が触れに来る　一一八
帰省【きせい】（夏）
帰省して昔へ迷ひ込む日暮　八七
北窓開く【きたまどひらく】（春）
暗さ重なる世の北窓を開きけり　一六九
着ぶくれ【きぶくれ】（冬）
着膨れの安堵の影が長くなる　一〇四
休暇明【きゅうかあけ】（秋）
赤鉛筆が丸くれたがる休暇明け　三九
子が夢を画鋲で留むる休暇明け　一九七
霧【きり】（秋）
つなぐ手のすぐよそよそし霧の中　一四七

いまにして霧の九界の橋にをり　一九八

切干【きりぼし】（冬）
切干の風の模様となる筵　一〇〇

金魚【きんぎょ】（夏）
溜息のぽぽぽとあがりゆく金魚　三一
金魚である理由の泡を一つ吐く　八八
身綺麗となる息ひとつ吐く金魚　一三六

茎立【くくたち】（春）
閉塞感破る雑多の茎立てり　一一九

草青む【くさあおむ】（春）
健康へ靴新調の草青む　一一六

草の実【くさのみ】（秋）
草の実をつけ少年のこゑ発す　三六

草笛【くさぶえ】（夏）
草笛の歩調くだりにかかりけり　一七九

草餅【くさもち】（春）
摘みたての世間話の蓬餅　一七四

クリスマス【くりすます】（冬）
想ひ出にまた逢ひにゆくクリスマス　二〇九

胡桃【くるみ】（秋）
胡桃まはす縄文の掌となりはじむ　一五〇

薫風【くんぷう】（夏）
自転車の鼻唄よぎる風薫る　七七
子と夢を空に楽書き風薫る　一八〇

啓蟄【けいちつ】（春）
啓蟄の石垣の口乾きだす　一一九
啓蟄の農具の置き処艶めけり　一七三

罌粟の花【けしのはな】（夏）
ひとひらの夕陽が罌粟の花になる　七五

源五郎【げんごろう】（夏）
思案また水輪となれる源五郎　七九

五月【ごがつ】（夏）
手術せし目の若返る風五月　一八〇

凩【こがらし】（冬）
こがらしの最寄りの駅を検索す　四九
六十の誌齢継ぎたるこがらし忌　九八
こがらしの背につきゆく師の忌くる　二〇四

去年【こぞ】（新年）
柱時計のしづかさの鳴る去年今年　五四

炬燵【こたつ】（冬）
天井がみな退屈の置炬燵　二〇六

東風【こち】（春）
谷間の東風を叩いて登校す　六八

木の実【このみ】（秋）
溜息の水輪木の実のまた落つる　九六
木の実植う【このみうう】（春）
抽斗の夢の木の実を植ゑてみる　四三
木の芽【このめ】（春）
芽吹きだす準備中なる片頭痛　一三一
沈黙の瘤となりたる木の芽吹く　一六八
小春【こはる】（冬）
過去へ斜線して小春日の人となる　一〇〇
辛夷【こぶし】（春）
蒼空の風の辛夷がさざ波す　一七〇

さ行

囀【さえずり】（春）
囀りをちらちら落としゐる大樹　七三
桜【さくら】（春）
上向くとみんな善人さくらさく　七三
人生の放課後に入るさくら咲く　一二六
笹鳴【ささなき】（冬）
笹鳴の忙しく移る陽の小藪　二〇九
寒し【さむし】（冬）
澱みゐる寒さが艶となる川面　五一
口論の底意なだめてゐる寒さ　一〇一
線香の寒さ分けあふ忌となれり　一五四
一枚の寒さ配つてゐるチラシ　二〇七
鱵【さより】（春）
独酌の身の丈すぐる焼き鱵　一一五
鰆【さわら】（春）
潮騒のいろとなりゆく鰆焼く　一三四
三月【さんがつ】（春）
三月の思惑の急く工事音　九
三寒四温【さんかんしおん】（冬）
九十の四温の握手たまはれり　五七
サングラス【さんぐらす】（夏）
冷静となるサングラス外しをり　一八八
三光鳥【さんこうちょう】（夏）
三光鳥啼いて雨滴をかがやかす　八一
残暑【ざんしょ】（秋）
空壜のごぼつと残暑沈みゆく　九〇
水底の石が残暑となる濁り　一九二
山椒の芽【さんしょうのめ】（春）
仲直りへそつと芽山椒おいてゆく　一七一
残雪【ざんせつ】（春）
想ひ出の足跡ほどの雪のこる　一七一

塩鮭【しおざけ】(冬)
風みがくみな新巻となる干場 一五八
四月【しがつ】(春)
空缶のちやらんぽらんと川四月 七一
時雨【しぐれ】(冬)
過去がかさこそ追ひかけてくる夕時雨 二〇三
蜆【しじみ】(春)
椀底に即席汁の痩せ蜆 一七二
四十雀【しじゅうから】(夏)
四十雀のこゑ晴れ旅の予約とる 七八
滴り【したたり】(夏)
てのひらへ岩のやさしさ滴れり 一三七
地虫穴を出づ【じむしあなをいず】(春)
忖度がよごれはじめし地虫出づ 一七二
霜柱【しもばしら】(冬)
地を剝がす力まがれる霜柱 一五七
石鹼玉【しゃぼんだま】(春)
しやぼん玉毀れ昔の露地となる 一五
シャボン玉児のばらまいてゐる天機 一三
秋意【しゅうい】(秋)
一行の秋意が消ゆるボールペン 一四九
秋気【しゅうき】(秋)
石立つる石が佛となる秋気 一九四
秋耕【しゅうこう】(秋)
秋耕の考ふる影のびてゐる 四四
秋光【しゅうこう】(秋)
樹の秋光降るほろほろと訃報くる 一四五
秋思【しゅうし】(秋)
一枚の秋思たたんでゐる手紙 四五
大学前電車の秋思からになる 九五
トンネルの秋思吐きだす電車くる 一九九
終戦記念日【しゅうせんきねんび】(秋)
重くなるリュックの中の終戦日 三六
赤子泣きやむ空気八月十五日 九一
十薬【じゅうやく】(夏)
百姓の軒十薬の香を干せり 八〇
秋麗【しゅうれい】(秋)
銀座ゆく靴の音色の秋麗 四五
熟柿【じゅくし】(秋)
熟柿吸ふ口が幼くなつてゆく 一五〇
春意【しゅんい】(春)
一服の春意が動く喉仏 一〇
土の香の春意あつめてゐる箒 六九

折れぬ子の胸の隅つこ春意生る　一七〇
春寒【しゅんかん】(春)
春寒の妙にぶつかる膝頭　七
揉みくちゃの春寒動く籠の屑　六三
春光【しゅんこう】(春)
いつせいに野の春光となる雀　七二
春愁【しゅんしゅう】(春)
ストローの春愁泡となるグラス　一七
春愁の親子の棘のあたらしき　七〇
また掠れゐる春愁のボールペン　二四
春眠【しゅんみん】(春)
春眠の夢から戻る日和かな　七〇
正月【しょうがつ】(新年)
正月の窓みな海へ向くホテル　五七
小寒【しょうかん】(冬)
小寒の鞄の闇をつまむ飴　一六〇
初夏【しょか】(夏)
待合室の音楽が歯にしみる初夏　三
蜃気楼【しんきろう】(春)
昭和の記憶たちあがりたる蜃気楼　七四
新酒【しんしゅ】(秋)
好意ふと苦言となれる新走　一九
新年【しんねん】(新年)
新年が来る踏切が点滅す　五九
海の道でき新年が来る汽笛　一〇七
新年が来る信号の空のいろ　二一
新涼【しんりょう】(秋)
富士よりの新涼の村寝静まる　三七
潮騒の新涼となる松のいろ　一三九
一滴の新涼となる手紙くる　一九〇
新緑【しんりょく】(夏)
新緑の冷え重くなるネックレス　二
休憩のみな新緑の眼となれり　七六
緑夜なる疲れをはづす腕時計　一七七
西瓜【すいか】(秋)
店出でし西瓜が力抜く重さ　一九三
水仙【すいせん】(冬)
水仙の風みなとらふ花の向き　五五
古壺のいつぽんの自負すいせん花　一〇八
涼し【すずし】(夏)
半眼のすずしさ賜ふ久遠佛　三三
決断の眼すずしき月が出る　三八
佃煮のすずしさを盛る量り売　八四
しづけさが涼しくなつてくるベンチ　一三三

大仏の胎内をゆく鼻涼し　一八五
ストーブ【すとーぶ】（冬）
妻癒ゆる兆しストーブ点け呉るる　一五九
清涼飲料水【せいりょういんりょうすい】（夏）
一口の蒼穹飲みほしてゐるサイダー　一八六
咳【せき】（冬）
遮りし咳反論をしはじむる　五二
駅へ行く咳がつぎつぎ追ひこせり　一五六
蟬【せみ】（夏）
一声がまた輪となれる蟬時雨　三三
落蟬の死がざわざわと掃かれをり　八八
線香花火【せんこうはなび】（夏）
線香花火眼が少年になりたがる　八六
雑煮【ぞうに】（新年）
一言をひつぱつてゐる雑煮箸　一〇九
卒業【そつぎょう】（春）
取扱注意の夢が卒業す　九
卒業の自負校章をなでてゐる　六六
卒業の夢鳴らしくるランドセル　一二〇

た行

大根引【だいこんひき】（冬）
大根引く力が白くなつてくる　二〇二
凧【たこ】（春）
青空のつたはつてくる凧の糸　一六
種物【たねもの】（春）
種袋振ると日和の音ばかり　一四
種物の目覚むる湿りたなごころ　一七三
玉葱【たまねぎ】（夏）
玉葱ごと悔い真二つにしてしまふ　一八一
チューリップ【ちゅーりっぷ】（春）
休日は私服となれるチューリップ　一五
追儺【ついな】（冬）
鬼やらふ隣のこゑで済ませけり　一六四
月【つき】（秋）
川藻ごと月が流されかけてゐる　八九
月の宿【つきのやど】（秋）
受付が赤子をあやす月の宿　一九二
躑躅【つつじ】（春）
固まつてゐての平穏白つつじ　七一

椿【つばき】（春）
落ちてなほ時間の鼓動べにつばき　一三
とりどりの時間が落ちてゐる椿　一三一
茅花【つばな】（春）
茅花かむ餓鬼大将となるまなこ　六八
燕帰る【つばめかえる】（秋）
置土産の空白燕帰りけり　一九六
梅雨【つゆ】（夏）
前灯が電車となれる梅雨の駅　二四
みな帰る梅雨一色の団地の灯　一三三
露【つゆ】（秋）
芋の露いくつも穹がすべり出す　九二
句碑拒みし蛇笏の盾は露ならむ　一四八
露寒【つゆさむ】（秋）
公園の露寒もれてくる蛇口　四四
氷柱【つらら】（冬）
太陽の夢中になれる大氷柱　一六一
夕去りて鳴ける氷柱の番縄　二二四
釣忍【つりしのぶ】（夏）
星空の風が生まるる釣忍　二三
鶴【つる】（冬）
舞ひ上がる音丹頂となれる穹　五〇
冬眠【とうみん】（冬）
石の相みんな冬眠準備中　五〇
蜥蜴【とかげ】（夏）
石の隙間を時間が漏れてくる蜥蜴　八七
蜥蜴ゐし時間の跡が消ゆる石　一九九
毒茸【どくたけ】（秋）
息のまだある靴底の毒茸　一四八
心太【ところてん】（夏）
みせかけの同情むせる心太　二八
兄弟の和解へのこす心太　八三
歳徳神【としとくじん】（新年）
年神のほか客のない理髪店　五六
土用波【どようなみ】（夏）
ほほゑんでゐる眼裏の土用波　一八七
蜻蛉【とんぼ】（秋）
すりぬけし蜻蛉の乾き掌にのこる　九一

な　行

梨【なし】（秋）
同情へ背筋を曲げて梨を食ふ　三五
茄子【なす】（夏）
一献の煙の味の焼きなすび　一二九

夏野【なつの】（夏）
駅へ急く人が帆となる夏野かな　一三〇
夏の海【なつのうみ】（夏）
想ひ出が黄昏れてゆく夏の海　一八
夏の風邪【なつのかぜ】（夏）
夏風邪に臥す子の胸の海荒るる　七九
夏の蝶【なつのちょう】（夏）
被災晴れして中々と黒揚羽　二五
湖渡り来し恍惚の夏の蝶　一八二
夏の夜【なつのよ】（夏）
夏の夜の椅子がひそひそ深けてゆく　一三五
夏帽子【なつぼうし】（夏）
叱らるる空気に廻す夏帽子　二四
夏めく【なつめく】（夏）
寝ころべる大地の脈の夏めけり　七五
教科書の神がぱらぱら夏めきぬ　一七八
逃水【にげみず】（春）
逃水を追ふ少年となる拳　一六
濁酒【にごりざけ】（秋）
本心を嘘ととらるる濁酒　一九四
濁り鮒【にごりぶな】（夏）
光りては川になりきる濁り鮒　一三
虹【にじ】（夏）
虹くぐる村の廃線一両車　八六
二百十日【にひゃくとおか】（秋）
猫貰うて夫婦の二百十日過ぐ　四〇
入学【にゅうがく】（春）
入学の夢の拳が行進す　一七四
葱【ねぎ】（冬）
葱買うて点けて来し灯へ帰りゆく　一五五
葱坊主【ねぎぼうず】（春）
しあはせの制服ならぶ葱坊主　六九
捩花【ねじばな】（夏）
文字摺を誉めて話のこじれだす　一八一
涅槃会【ねはんえ】（春）
川底に陽の射してゐる寝釈迦かな　一一
涅槃西風【ねはんにし】（春）
先生の雲のあかるむ涅槃西風　一〇
長閑【のどか】（春）
長閑さよそほふ塀の片靴あるじ待つ　一三三
修理屋の柱時計の鳴る長閑　一七六
野焼【のやき】（春）
烈しさの後のさびしさ野火の天　一六八

は行

白鳥【はくちょう】（冬）
白鳥の空に駅ある湖の村　五二
羽子板【はごいた】（新年）
追羽根の空のひかりとなる碧さ　一六〇
葉桜【はざくら】（夏）
葉桜のもう明日へ向く椅子ばかり　二二
蓮【はす】（夏）
水滴の音楽蓮の花ひらく　二九
初嵐【はつあらし】（秋）
黙したる二人の窗の初嵐　一四一
初鏡【はつかがみ】（新年）
同じ顔にばつたり逢ひし初鏡　五六
初雀【はつすずめ】（新年）
ころがれるひかり啄む初雀　二一三
初空【はつぞら】（新年）
一村の灯が初空のいろとなる　一六四
初日【はつひ】（新年）
高階の窓百千の初日影　一〇八
あめつちの黙一滴の初日の出　二一二
初雪【はつゆき】（冬）
東京の初雪の夜の粥甘し　九八
花烏賊【はないか】（春）
花烏賊の海の夕暮れ内蔵す　一七
花曇【はなぐもり】（春）
言ひかけて胸にしまひし花曇　一四
花菖蒲【はなしょうぶ】（夏）
菖蒲田のささやきあつてゐる水輪　七六
花野【はなの】（秋）
どの道も雨後あたらしくなる花野　三八
花火【はなび】（夏）
人混みのさびしさ貰ふ花火果て　一三九
花冷【はなびえ】（春）
大黒柱艶百年の花冷えす　七二
影あをき竹百幹の花冷えす　二三五
薔薇【ばら】（夏）
白薔薇の口気の雨滴掌にうくる　一七九
春【はる】（春）
春マスクはづし家庭の顔もどす　八
思惑が化石となれる春マスク　六五
春一番【はるいちばん】（春）
自転車の倒れつぷりの春一番　六四

春惜む【はるおしむ】(春)
春惜しむ海光となる鳥の群　一九
春落葉【はるおちば】(春)
春落葉すぐグループになりたがる　一八
春炬燵【はるごたつ】(春)
覚めぎはの記憶白紙の春炬燵　三
春の海【はるのうみ】(春)
太陽の音色となれる春の海　二六
春の蚊【はるのか】(春)
初蚊打つ掌にぺちやんこのこゑの跡　一七七
春の日【はるのひ】(春)
水底の靴があつめてゐる春陽　一三三
春の雪【はるのゆき】(春)
降つてくる木々会話せる春の雪　一一七
春の夢【はるのゆめ】(春)
結局は水輪ばかりの春の夢　一七五
春疾風【はるはやて】(春)
春疾風真昼の月が尖りだす　一一五
春めく【はるめく】(春)
春めける灯が一村となりゆけり　一三〇
半夏生【はんげしょう】(夏)
人生は未完がよろし半夏生　一八四
日脚伸ぶ【ひあしのぶ】(冬)
探したるもののひよつこり日脚伸ぶ　一六一
並びたる自転車の鼻日脚伸ぶ　二三三
日傘【ひがさ】(夏)
海近き歩幅となつてゆく日傘　二七
雑沓へ癒されにゆく白日傘　一八四
穭田【ひつじだ】(秋)
穭田は神のてのひら雀くる　一四九
日向ぼこ【ひなたぼこ】(冬)
日向ぼつこの人間忘れものになる　一五六
生者死者みなやつてくる日向ぼこ　二〇六
雛祭【ひなまつり】(春)
雛の間のひそひそ雨の夜となれり　一九
向日葵【ひまわり】(夏)
ひまはりの視線が影となる川面　八五
学校の終鈴が好き大向日葵　一三四
日焼【ひやけ】(夏)
日焼けせし夢の崩るる砂の城　八五
冷奴【ひややっこ】(夏)
冷奴密に話せぬ舌もつる　一三五
昼寝【ひるね】(夏)
ポケットの秘密ころがり出す昼寝　三三

昼寝覚め昨日が今日になりたがる　二三四
団欒の隅に消火器昼寝せり　一八六
風鈴【ふうりん】(夏)
留守番の日の風鈴がむきになる　八三
蕗の薹【ふきのとう】(春)
児の宇宙基地となりたる蕗の薹　六三
福藁【ふくわら】(新年)
福藁を踏んで未来へ入らうか　五四
懐手【ふところで】(冬)
夢の欠片もてあそびゐる懐手　一五九
冬【ふゆ】(冬)
水が最も忌のうつくしき供花や冬　四九
冬枯【ふゆがれ】(冬)
肉体の水音の枯れまたしたる　五三
太陽の地平線ごと枯れはじむ　二〇三
冬桜【ふゆざくら】(冬)
さみしさの極みほころぶ寒桜　五五
冬ざれ【ふゆざれ】(冬)
蔓の這ふ橋の脚より冬ざるる　二〇八
冬滝【ふゆたき】(冬)
凍滝の胸の構図となれる風　一六三
冬の空【ふゆのそら】(冬)
寒天へ木々真つ直ぐとなる青さ　五八
冬の月【ふゆのつき】(冬)
一村の灯がみな眠る寒の月　一〇六
冬の虹【ふゆのにじ】(冬)
冬の虹消え銀閣寺のこりをり　二一〇
冬晴【ふゆばれ】(冬)
冬麗のつくづく影の老いにけり　一五七
冬牡丹【ふゆぼたん】(冬)
しづけさがひといろひらく寒牡丹　一六二
冬芽【ふゆめ】(冬)
静寂のひかりあひたる冬木の芽　五一
揺るるたび胸のあかるむ冬木の芽　一〇三
ぶらんこ【ぶらんこ】(春)
空に接触せしぶらんこの生返事　一七五
豊年【ほうねん】(秋)
駅へ少女の走りだす胸豊の秋　二〇〇
鬼灯【ほおずき】(秋)
鬼灯の苦さ昔の戸が開けり　一九三
蛍【ほたる】(夏)
蛍火の一つは母の匂ひせり　八二

牡丹【ぼたん】（夏）
こゑ掛けてみるときめきの白牡丹　一三
かがやける時間のかをる白牡丹　七八
傘さしてまだ牡丹でゐる時間　一三〇
牡丹の夕陽ひとひら散つてをり　一七八

ま　行

マスク【ますく】（冬）
マスクしてみんな綺麗になる電車　一〇三
営業のマスクの一日捨ててある　一五五
馬蛤貝【まてがい】（春）
一本気の馬刀貝のゐる砂の穴　一七六
豆撒【まめまき】（冬）
家族の甘えころがつてくる年の豆　五九
小声して身ぬちの鬼へ豆打てり　一一
曼珠沙華【まんじゅしゃげ】（秋）
神様の絵の具箱より曼珠沙華　一四
いつぽんの感情折りし曼珠沙華　一九八
蜜柑【みかん】（冬）
ひとくれの不安の筋をとる蜜柑　二〇五
水澄む【みずすむ】（秋）
体内の水澄むこゑを発したり　一四六
水鉄砲【みずでっぽう】（夏）
水鉄砲の空少年となる波紋　三〇
水鳥の巣【みずどりのす】（夏）
浮巣また空につかまる水位くる　一八二
水温む【みずぬるむ】（春）
水の形に添ひて他郷の水温む　一三
水温む空をへこます鯉の口　六七
川底の水温みゐる石のいろ　一一八
水洟【みずばな】（冬）
まどろみへ来る水洟の縄電車　一〇五
三椏の花【みつまたのはな】（春）
言ひよどむ黄の三椏の花揺らし　六六
迎火【むかえび】（秋）
育てたる門火へ過去が正座せり　一九〇
麦笛【むぎぶえ】（夏）
軽く嚙む麦笛の味出して吹く　一三九
無月【むげつ】（秋）
鉄塔が耳かたむけてゐる無月　一九五
虫【むし】（秋）
虫はみな自分の闇を鳴らしをり　四二
古稀となる平和の端で虫が鳴く　九四

名月【めいげつ】（秋）
目をとぢてゐる満月の風呂加減　三九
名月へみな石ころとなる時間　四一
木蓮【もくれん】（春）
白木蓮咲く水音の空の色　一三一
藻の花【ものはな】（夏）
藻の花の咲きだす泡のまたのぼる　一二八
紅葉【もみじ】（秋）
一枚の旅愁流してゐる紅葉　九七
紅葉散る【もみじちる】（冬）
散る紅葉みんな明日になりにゆく　四七
桃の実【もものみ】（秋）
何を取りに来しかと桃を撫でてみる　一四〇

や行

焼藷【やきいも】（冬）
焼芋屋のこゑ星空を連れてくる　一〇五
山眠る【やまねむる】（冬）
ふところのぬくき一村山眠る　一〇四
山葡萄【やまぶどう】（秋）
曲折の旧情の酸き山葡萄　一四六
天蚕【やままゆ】（夏）
山繭を振ると孤独の音がせり　一二七
山焼【やまやき】（春）
山焼きのめらめら太古近づき来　一六五
山笑う【やまわらう】（春）
青空の裾ひつぱつて山笑ふ　二
夕焼【ゆうやけ】（夏）
母逝きしあの日の車窓夕焼す　二七
夕焼ごと眼鏡をしまふ旅鞄　八四
手を振ればあの日がすぐに夕焼す　一三三
雪【ゆき】（冬）
大雪の家が息してゐる出口　五三
太陽のてのひら雪の村めざむ　二二一
雪女【ゆきおんな】（冬）
足跡をつかまへてゆく雪女　二二四
雪晴【ゆきばれ】（冬）
電柱が影もて余す深雪晴　五八
靴跡が穹へ逃げゆく深雪晴　二二〇
余寒【よかん】（春）
指を切る紙が余寒の刃となれり　六四
言ひよどむ余寒のまなこ角張れり　二一七

夜長【よなが】（秋）
沈黙が二人の安堵夜長の灯　一四四

ら行

立秋【りっしゅう】（秋）
三ツ折のままの約束秋立てり　一四一
富士山の視界千戸の今朝の秋　一四三
流氷【りゅうひょう】（春）
流氷原ゆく曲折の孤舟かな　六五
林檎【りんご】（秋）
林檎三個穹の話がしたくなる　四三

わ行

棉の花【わたのはな】（夏）
ふるさとが浅黄となれる棉の花　一八九
棉蒔【わたまき】（夏）
一粒の思ひを聴かせ棉蒔けり　一一〇
蒔く棉の実の設計図浸しをり　七四
綿虫【わたむし】（冬）
大綿へ母さんてこゑかけてみる　九九
ついて来る心配性の雪ばんば　一五三
笑初【わらいぞめ】（新年）
太陽と同じひとり居初笑ひ　一一〇
久方の訛つまづく笑初　一六二
吾亦紅【われもこう】（秋）
夫婦の顔似てくるよはひ吾亦紅　一九五

令和俳句叢書

句集　旹の跡

ときのあと

二〇二三年九月一〇日第一刷

定価＝本体二八〇〇円＋税

●著者――梶原美邦

●発行者――山岡喜美子

●発行所――ふらんす堂

〒一八二―〇〇〇二東京都調布市仙川町一―一五―三八―二F

TEL〇三・三三二六・九〇六一　FAX〇三・三三二六・六九一九

ホームページ　http://furansudo.com/　E-mail　info@furansudo.com

●装幀――和兎

●印刷――日本ハイコム株式会社

●製本――株式会社松岳社

ISBN978-4-7814-1578-9 C0092 ¥2800E